Hot Line
Luis Sepúlveda

EDICIONES **B**
GRUPO ZETA

Barcelona • Bogotá • Buenos Aires • Caracas • Madrid • México D.F. • Montevideo • Quito • Santiago de Chile

1.ª edición: abril 2002

© Luis Sepúlveda, 2001
© Ediciones B, S.A., 2002
   Bailén, 84 - 08009 Barcelona (España)
   www.edicionesb.com

Publicado por acuerdo con Dr. Ray-Güde Mertin, Literarische Agentur,
Bad Homburg, Germany.

Printed in Spain
ISBN: 84-666-0869-9
Depósito legal: CO. 501-2002

Impreso por GRAFICROMO
Polígono industrial Las Quemadas (Córdoba)

Hot Line
Luis Sepúlveda

... a manera de prólogo...

Esta historia nació entre los bosques que crecen al fondo del fiordo de Aysén, en la Patagonia. Había llegado hasta mi amado mundo austral con la intención de visitar a unos buenos amigos y, mientras esperaba en un cruce de caminos al vehículo que me recogería, trabé conversación con un hombre bastante locuaz que, salvando las proporciones físicas descritas por Cervantes, no dejó de recordarme a Sancho Panza.

Era, a todas luces, mapuche, y luego de ofrecernos mutuamente tabaco y lumbre, pasamos de hablar de las generalidades sobre el tiempo, tan cambiado, a las particularidades de qué hacíamos.

Sin ningún gesto de rechazo o de sorpresa aceptó que yo era escritor, así que no me quedó más que retrucar y aceptar y creer que él era policía, detective del cuerpo de lucha contra el cuatrerismo, para mayor precisión.

Tenía un nombre pomposo, bastante parecido al del protagonista de esta historia, y un sentido olfativo verdaderamente agudo.

Mientras charlábamos, alzó de pronto la cabeza, la orientó hacia un punto incierto entre las bajas montañas y agitó las aletas nasales.

—Hay un incendio forestal. Mala cosa —dijo.

Yo también miré y por mucho que agucé la vista no vi ninguna señal de humo ni sentí olor a madera quemada. Era verano, el cielo se mostraba azul y diáfano en los cuatro puntos cardinales, y el aire puro de la Patagonia olía a las mil hierbas que allí crecen. Él agitó una vez más las aletas nasales antes de precisar:

—Está ardiendo un bosque de peumos. Mala cosa.

Más tarde, bajo techo y haciéndole honores a un cordero asado al palo convenientemente regado con vino pipeño, comenté el hecho con mis amigos. Ninguno sabía de ningún incendio, por lo menos no en las cercanías, claro que en la Patagonia las distancias son bastante relativas.

Tres días más tarde y a unos doscientos kilómetros del lugar de encuentro con el detective, pasé por un camino que bordeaba varias hectá-

reas de bosque arrasadas por el fuego. Una briga-
da de bomberos forestales apagaba las últimas
brasas y me acerqué a ellos.

—¿Qué árboles eran ésos? —consulté.

—Peumos. Mala cosa —contestó un bombero.

Antes de despedirnos, aquel detective mapuche
me preguntó cómo era la ciudad donde yo, a la sa-
zón, vivía. Supongo que le hice una descripción des-
ganada y arbitraria de París, que escuchó entre ligeros gestos de asentimiento. A mi pregunta acerca de
dónde vivía él, respondió que detestaba las ciudades
porque en ellas, por sobre los olores a perfumes, co-
midas, detergentes y gasolina quemada, siempre se
imponía el penetrante hedor de la mierda.

Estuve en la Patagonia, di estupendos paseos,
comí y bebí con mis amigos hasta casi reventar y
antes de regresar a Europa permanecí dos semanas
en Santiago. Como siempre, los gerentes generales
y superintendentes que administran la democracia
declaraban que todo estaba bajo control, y que
Chile era el mejor de los países.

Mucha gente no compartía semejante aprecia-
ción, sobre todo los que continuaban buscando a
sus familiares desaparecidos, y unos jueces empe-
ñados en sentar en el banquillo de los acusados a
un hijo del ex dictador reconvertido en senador
vitalicio, y por esos días elevado a la categoría ro-

cambolesca de capitán general benemérito. El muchacho debía responder por ciertas comisiones recibidas de conocidos traficantes de armas y aclarar otros detalles de un chanchullo que salpicaba a casi toda la casta militar.

Como todo estaba bajo control y la normalidad institucional imperaba en el mejor de los países, sólo los mal pensados como yo creyeron ver alguna relación entre los cientos de soldados que armados hasta los dientes y con las caras pintadas coparon las calles y la súbita decisión de los magistrados que, al día siguiente de aquel «ejercicio táctico de rutina», archivaron todas las denuncias por corrupción.

Tenía razón el detective mapuche: la ciudad hedía a mierda.

De regreso, en el avión empecé a escribir esta historia que publiqué durante seis días en un periódico español, ciñéndome al espacio acordado, es decir con los muchos tijeretazos a que está obligado un relato por entregas en un medio de prensa moderno, porque hoy el espacio impreso no se mide conforme a las ideas, al interés o belleza de un texto. Los administradores de empresa se han apropiado también de los periódicos, y el único parámetro que observan consiste en preservar el espacio publicitario, deportivo o del corazón. Es decir todo aquello que no perdura, pues lo perdurable se cita, invita a pensar y es por lo tanto peligroso.

Mientras escribía fui descubriendo —porque la literatura siempre es una sorpresa— que por fin me había metido de lleno en el folletín, ese género tan bien cultivado por mis mayores del siglo XIX, como Alejandro Dumas (padre), impulsor de lo popular en la narrativa y al mismo tiempo popularizador de la literatura. Y la satisfacción fue mayor aún al sentir que el propio personaje imponía su sentido del pudor a la hora de desnudarse psicológicamente, y que, obligando al autor a ceñirse a las reglas del género, los personajes conducían la imaginación por medio de los diálogos.

Esta historia es entonces un folletín, asunto del pasado, dirán los que nunca faltan, pero qué me importa, si el legado ético que Dumas nos dejara en *El conde de Montecristo*: ni olvido ni perdón, es el emblema que une y cobija a los individuos decentes del siglo XXI.

Ahora, gracias a la gentileza de Ediciones B, lo publico en su versión original. Han pasado varios años desde aquel encuentro con el detective mapuche, y en Chile, país lampedusiano, todo cambió para que todo siguiera igual.

EL AUTOR

*A mi compadre Víctor Hugo de la Fuente,
por eso mismo, porque es mi compadre.*

Sólo recuerdo eso, fuego y oscuridad, y, justo antes de la oscuridad, un agudo relámpago de náusea.

RAYMOND CHANDLER,
La dama del lago

1

A la hora precisa del alba el detective George Washington Caucamán movió las aletas nasales, dejó que ellas le orientaran los ojos y las orejas hacia la quebrada todavía cubierta por la niebla, escupió la ramita de romero que había triturado durante el acecho y murmuró un «mala cosa», que puso en acción todos sus músculos.

Pampero también confió en su nariz y, conocedor de los hábitos del jinete, inclinó la cabeza al escuchar el tenue roce de la escopeta Remington saliendo de la funda.

Con un movimiento enérgico metió un cartucho del catorce en la recámara, levantó el arma apuntando al cielo bajo de la Patagonia y apretó el gatillo.

Sin esperar a que el eco terminara de multiplicar la detonación pasó un segundo cartucho a la recámara, apuntó la pajera hacia la niebla y dio la orden de rigor.

—¡Todos con las manos en la nuca! ¡Al que haga un gesto raro le vuelo las verijas!

En una maniobra coordinada por años de práctica combatiendo el cuatrerismo, otros dos detectives apuntaron sus armas al corazón de la niebla, y avanzaron cubriendo posiciones distintas.

Los cuatreros eran tres. Con los ojos todavía repartidos entre las legañas y la incertidumbre, otearon en todas direcciones sin ver más que la niebla. Luego se miraron entre ellos, a los caballos desensillados, y entendieron que no había escapatoria.

—¡Las manos en la nuca, mierda! —repitió Caucamán.

Los vio acercarse, obedientes y resignados los dos primeros, pero el tercero lo inquietó y volvió a agitar las aletas nasales.

—Atento, Pampero —susurró al caballo.

El hombre era alto y delgado. De sus hombros caía un poncho que, pese a la niebla, se notaba demasiado fino. Permanecía de espaldas y con los brazos en cruz. Gritó que le permitieran identificarse al tiempo que metía una mano bajo el poncho.

Caucamán vio brillar el negro culatín de la Uzi y dio la voz de alerta.

—¡Cuidado, tiene una matraca!

Aquel tipo no era un cuatrero pero sabía lo que hacía. Con movimientos precisos se echó el poncho sobre un hombro y descorrió el seguro de la metralleta, pero George Washington Caucamán tocó el suelo antes de que el otro girara el cuerpo e hizo ladrar por segunda vez la Remington.

El hombre salió despedido hacia delante como si le hubieran asestado una brutal coz en las nalgas.

Mientras los detectives esposaban a los dos rendidos, Caucamán se acercó al herido. Se había puesto de costado y rechinaba los dientes.

—Ésta la vas a pagar caro. Te juro que la vas a pagar caro —dijo volviendo la cabeza para comprobar si todavía le quedaba algo de culo.

—Hazme una rebaja —respondió el detective.

Luego se escuchó el canto de una tórtola entre los alerces, Pampero relinchó satisfecho, y empezó a disiparse la niebla.

2

—George Washington Caucamán —murmuró el comisario.

—A su orden —se limitó a responder el aludido sin ocupar la silla que le indicaba, y no por timidez o recato, sino porque tenía las botas y los pantalones embadurnados de lodo y restos de boñigas. Qué diablos, la vida de un detective rural no va precisamente por un sendero de rosas.

—Te has metido en un pozo de mierda, muchacho.

—Llevo veinte años con la mierda hasta el cuello. Usted sabe que aquí los casos no se resuelven desde el escritorio. Yo huelo las boñigas de una vaca y sé cómo se llamaba la abuela del ganadero.

El comisario cruzó las manos sobre el expediente y asintió con un desganado movimiento de cabeza. Tenía por delante a uno de esos policías que llegan hasta el final de cada caso, sin importarles si terminan con una medalla colgada del pecho o ellos colgados de una vetusta araucaria en la soledad de los Andes.

Volvió a abrir el expediente y, antes de leer por centésima vez las paparruchadas legales ahí consignadas, miró detenidamente al detective. Medía poco más de un metro setenta, su cuerpo tenía la contextura de un tronco partido por un rayo, definir como cuello al espacio que le separaba la cabeza de los hombros resultaba una inútil metáfora, sus ojos brillaban como dos ascuas negras, y la cabellera azabache, hirsuta, rebelde, indomable, delataba al que lleva pura sangre mapuche en las venas.

—George Washington Caucamán —suspiró el comisario.

—Mala cosa, ¿verdad , jefe?

—Muy mala. Fui tu instructor en la escuela de investigaciones y siempre te hablé claro. Te dije que ser mapuche en este país de mierda era tan malo como ser negro en Alabama. Te escogí para el servicio rural creyendo que así te evitaba líos en la ciudad, y te repetí hasta el cansancio que nunca, nunca, nunca, te crearas problemas con los milicos. Ellos se creen los dueños de la cancha, de la pelota y del árbitro. Y por desgracia es así.

—Con todo respeto, jefe, sólo me limité a cumplir con mi deber. Para eso me pagan.

El comisario reconoció que una vez más el enmierdado detective tenía razón. Los buenos policías son una raza de suicidas, pensó, y enseguida leyó en voz alta el expediente.

—... y como resultado de la irresponsable actuación policial, el ciudadano Manuel Canteras recibió una perdigonada del calibre catorce en la región glútea, siendo ésta la causante de graves heridas y la pérdida de la nalga derecha en un setenta por ciento... George Washington Caucamán, ¡le volaste la mitad del culo al hijo del general Canteras!

—Lo siento, jefe. Sé que el general es un pez gordo, pero el expediente olvida mencionar que el jovencito comandaba un grupo de facinerosos, de cuatreros que arreaban un rebaño de vacas Holstein robadas a la estancia Tres Montes. Y tampoco menciona que trató de acribillarnos con una Uzi.

El comisario encendió un pitillo, se ajustó los lentes y siguió leyendo.

—... Manuel Canteras realizaba una excursión en compañía de un grupo de dilectos amigos, todos ex miembros de las fuerzas armadas y de orden, amantes de la naturaleza y las bellezas patagónicas, quienes, tras topar sorpresivamente con un rebaño de reses extraviadas, cumpliendo con un elemental respeto a la propiedad decidieron conducirlas de regreso a sus pastizales de origen en las cercanías de Palena. Pernoctaban en un improvisado campamento cuando sin que mediara ni aviso ni provocación fueron atacados... ¿Sigo?

Desde luego que podía hacerlo. Leída hacia atrás, hacia delante o en diagonal, la historia oficial no ofrecerá nunca más que tristes variaciones para una misma mentira. El detective se encogió de hombros antes de encender también un pitillo.

—Pura paja, jefe. Además omiten que le disparé precisamente al culo para no matarlo. Si apunto un palmo más arriba lo parto en dos. ¿Qué piensa hacer conmigo?

—Lo sensato sería obedecer los deseos del general Canteras, expulsarte del servicio, lavarme las manos y cerrar los ojos cuando sus sicarios se encarguen de ti, pero yo me juego por mis hombres, ¡carajo!

El comisario abrió un cajón del escritorio, sacó una botella de pisco, dos vasitos de plata y sirvió lentamente hasta los mismos bordes.

—Salud, muchacho.

—A la suya, jefe. No ha respondido a mi pregunta.

El primer sorbo escoció la garganta del comisario, pero el segundo pasó acompañado de un placentero mensaje tranquilizador.

—Un psicólogo de la institución te ha declarado víctima de una fuerte fatiga ocasionada por las durezas del servicio, eso que los pijos llaman estrés, una enfermedad de putos que te ha llevado a actuar de manera temeraria.

—No entiendo, jefe.

—¡Que estás medio chalado, huevón! Y eso te ha convertido en un policía de gatillo ligero. ¡No digas una palabra más! Tengo que sacarte de aquí y mandarte a un nuevo destino en la capital. Este condenado país tiene casi cinco mil kilómetros de fronteras, por todas partes contrabandean drogas, vacas, cigarrillos, armas, y yo me veo obligado a prescindir de un buen funcionario porque le voló la mitad del culo al hijo de un general. A los policías de gatillo ligero los meten en un loquero, o en una oficina, y elegí lo último por tu bien, muchacho. ¡Salud!

La capital. A George Washington Caucamán su nuevo destino le sonó a bofetada matrera. ¿Qué diablos iba a hacer en la capital? Llevaba veinte años combatiendo cuatreros y contrabandistas, su elemento natural eran los cerros, podía dormir plácidamente sobre el caballo, en un agujero cavado en la nieve, o en lo más alto de un roble, abrazado a las ramas para evitar el hambre enloquecedor de los pumas. La capital. Santiago. Sonaba terrible todo eso.

—¿No hay otra solución?

—No. No la hay. Y afírmate los pantalones que aún no te he dicho lo peor; por exigencias del retorno a la democracia la dirección está empeñada en mejorar la imagen del cuerpo, y ninguna comisaría quiso aceptar a un tipo con antecedentes de gatillo ligero, así que, al final, y gracias a los pocos amigos que me quedan, te conseguí una plaza en la comisaría de investigación de delitos sexuales. ¿Una última pregunta?

—Sí. ¿Qué tiempo hace en la capital?

—Frío, muchacho. Agosto siempre es frío.

George Washington Caucamán necesitó varias botellas de pisco para reponerse de la brutal sorpresa. Borracho como una cuba terminó abrazado a Pampero, llorando el llanto sin estridencias de los antiguos caciques desterrados, mordiéndose los labios hasta hacerlos sangrar, como los toquis, los capitanes mapuches cuando entregaban las piedras pectorales del mando luego de las derrotas, y así, en un lento ritual de despedida, se fue despojando de las botas de huaso, de las espuelas de plata, del sombrero chillanejo, de la montura de suela, de los estribos tallados en madera de palto, de la fusta trenzada con tripas de guanaco, del poncho de Castilla que lo había resguardado de las peores ventiscas, y de la escopeta Remington de culata recortada, su pajera salvavidas que sin embargo de haberlo protegido frente a los peores malandras, no lo alejaba de la ira de un milico con un hijo desculado.

Una semana más tarde, el detective George Washington Caucamán, sobriamente vestido y sin rastros de lodo o de boñigas en sus ropas, trepaba por la escalerilla del avión que lo conduciría a Santiago.

—Allá vamos —se dijo en el aire, y cerró los ojos para no ver el paisaje de bosques, pastizales, lagos, glaciares, fiordos, ovejas, vacas y más vacas.

Esas mismas vacas de la canción de Atahualpa Yupanqui que dice: las penas son de nosotros, las vaquitas son ajenas.

3

El oficial administrativo de la Dirección de Investigaciones, la policía criminal chilena más conocida como «la pesca» entre los nacionales, revisó la documentación del recién llegado, y en lugar de ofrecerle cualquier tipo de bienvenida se dedicó más bien a observarlo con atención de entomólogo, hasta que, diligente a su manera, abrió la boca.

—Así que gatillo ligero, ¿eh? ¿Por qué entró a Investigaciones? Los carabineros lo habrían recibido con los brazos abiertos.

—¿Tengo que responder?

—Si quiere. ¿Sabe que tengo una teoría acerca de los mapuches?

—No es el único. Rousseau, Lévi-Strauss, Todorov, también las tuvieron. Son muchos los que intentan decirnos cómo somos.

—Usted estaría mejor en el cuerpo de Carabineros. A los mapuches les gusta el color verde, les recuerda los cerros, las selvas de Arauco, por eso se sienten a gusto en Carabineros.

—A veces nos hacemos bomberos, o boy scouts.

—También se dice que son gente de pocas palabras.

—Y borrachos, y flojos. Antes éramos sifilíticos pero la penicilina nos cambió las costumbres. Nada dura eternamente.

Terminado el fraterno e ilustrativo intercambio de opiniones, el administrativo lo mandó a la dirección del personal. Allí, el encargado también lo estudió con indisimulado interés.

—Una vez vi una película de Clint Eastwood. Él era un policía de Texas que llegaba a Nueva York y se veía muy raro, más o menos como usted.

—¿Me encuentra parecido a Clint Eastwood?

—No. Es que él venía de provincias y era un vaquero. Los del servicio rural son como los vaqueros, ¿o me equivoco?

El detective de provincias no respondió. Se limitó a leer el folio con instrucciones que le habían preparado. No eran muchas y sugerían un lacónico arréglatelas como puedas.

—Fue muy sonado lo que le hizo al joven Canteras. El pobre muchacho tendrá que conseguir un donante de culo para volver a sentarse. Cuide la munición, gatillo ligero —sugirió el encargado al tiempo que le guiñaba un ojo amistoso, pero George Washington Caucamán no se sentía con ánimos de hacer amigos.

—Aquí pone que tengo un cuarto en una pensión. ¿Queda cerca?

—A ver. Es en el barrio San Joaquín. Eso está al sur, creo.

—¿A cuántas leguas?

El detective de provincias se marchó, y dejó al encargado discutiendo con otros dos policías respecto de cuántos metros medía una legua. La ciudad le resultó fría y agreste. Era difícil respirar y además costaba orientarse, porque el sol brillaba en algún lugar incierto del cielo, más allá de la pringosa capa de gases que cubría Santiago.

Caminó una media hora hasta que, alarmado, tuvo que sentarse en las gradas de una casa. Algo espeso y sucio se interponía entre el aire y sus pulmones. Al ver los plátanos de agónico ramaje que recordaban el esplendoroso pasado de la calle San Diego, con sus troncos cubiertos por una pátina de la misma tristeza nauseabunda que soltaban los tubos de escape, se dijo que tenía que moverse con cautela, de la misma manera como lo hiciera un par de años atrás, cuando, luego de seguir durante varios días el rastro de unos cuatreros al norte de Balmaceda, descubrió huellas en la nieve y éstas lo condujeron hasta un establo natural.

Se trataba de un estrecho paso entre montes flanqueado por cañas de quila, el bambú patagónico que recibe las nevadas, soporta el peso de la nieve acumulada y se inclina formando bóvedas invisibles para las avionetas de la policía. Los cuatreros habían pasado por ahí, así lo indicaban las huellas, y tal vez estarían a la salida de la bóveda, que daba muestras de ser muy larga, ya que no escuchaba el mugir de los animales.

Avanzó unos doscientos metros hasta que el caballo se detuvo, echó chorros de vapor por la nariz e intentó volver tras sus pasos.

—¿Qué pasa, Pampero? —consultó tirando de las riendas.

Acarició la testuz del animal mientras le murmuraba palabras cariñosas y ofertas de cerveza para tranquilizarlo, pero Pampero, con los ojos desmesuradamente abiertos, movía la cabeza indicando que su único interés era largarse de ahí.

—Está bien. Espérame a la entrada —dijo tras atar las riendas a la silla y darle una palmada en las ancas. El caballo no esperó una segunda orden y se alejó al trote.

Con la Remington amartillada avanzó otros doscientos metros. El suelo empezó a tornarse más y más blando. Hundía los pies en una mezcla de nieve, lodo y boñigas. Así, continuó avanzando, y al comprobar que a cada paso hundía las piernas hasta las rodillas, de pronto se sorprendió de la risita cretina que llevaba a flor de labios. Entonces sintió que el frío de la cordura equina le recorría el espinazo y le ordenaba seguir el ejemplo de Pampero, porque los gases de la materia en descomposición empezaban a narcotizarlo y no había llegado hasta ahí para morir con expresión de pelotudo feliz.

—Mala cosa, y con los gases no se juega —meditó a media voz, y detuvo un taxi.

—Conozco la pensión. En quince minutos estaremos allá —dijo Anita Ledesma, y el detective de provincias se puso por primera vez en manos de una conductora.

Los débiles rayos de un sol demasiado lejano aumentaban el tono gris rata de la ciudad. George Washington Caucamán decidió que no quería vivir ni morir en Santiago, y juró que haría lo posible para marcharse cuanto antes.

El auto se detuvo en algunos semáforos, y en cada uno de ellos era rodeado por mujeres, hombres, ancianos y niños de aspecto derrotado que ofrecían pañuelos desechables, tiritas, caramelos o simplemente pedían unas pocas monedas. Anita Ledesma los rechazaba con gestos que más parecían disculpas, y continuaba la marcha esquivando buses homicidas, peatones apresurados, perros suicidas y baches tan antiguos como la ciudad misma.

A ratos buscaba el rostro del pasajero en el espejo retrovisor. El hombre no demostraba ningún interés por lo que había en las calles. Miraba sin ver, o tal vez lo hacía —pensó la conductora— con toda su atención centrada en un rincón del mundo que sólo él podía ver. Pero era inevitable que los ojos del detective de provincias se encontraran con los de Anita Ledesma en el pequeño rectángulo del espejo, y le agradó que los ojos de la mujer tuvieran el mismo color de la miel.

Ella respondió a su mirada con una sonrisa que George Washington Caucamán no pudo ver dibujada en su boca, pero sí en las arruguitas junto a los párpados.

Avergonzado, bajó la mirada y la detuvo en un frasco azul sobre el asiento del acompañante.

—¿Tiene chanchos?

—¿Qué?

—Cerdos, puercos, marranos, como les llamen acá.

—Chanchos. Ojalá los tuviera. Abriría una charcutería— respondió Anita Ledesma con toda la gracia de sus cuarenta años bien parapetados tras la barricada de la esperanza.

—Ese frasco contiene un desparasitador para chanchos.

—Me lo vendieron para el perro. Tiene garrapatas el pobre.

—¿Blancas o marrones?

—... no lo sé... nunca se las he mirado... sólo lo veo rascarse...

—Marrones. Las blancas no producen escozor. Ese producto le matará al perro, es muy fuerte, para chanchos. La piel porcina es gruesa y la grasa impide que las toxinas entren al organismo. Los perros, en cambio, tienen el pellejo delgado. Hierva medio kilo de ortigas en un litro de vinagre hasta que rebaje a la mitad, y luego frote al perro con esa solución. Adiós garrapatas.

La mujer agradeció el dato con una nueva sonrisa que el detective de provincia recibió desde el espejo. Le sentaban bien esas arruguitas, y sin dejar de mirarlas recordó que las mujeres mapuches lucían con orgullo las arrugas, porque sostenían que el rostro es el único mapa fiable, pues los territorios que enseña existen realmente.

Continuaron el viaje en silencio, buscándose en

la complicidad del espejo, hasta que el auto se detuvo frente a una casa de dos plantas.

—Llegamos, amigo. Y no me debe nada —indicó la taxista.

—¿Es por la receta? Los secretos del sur no se cobran— protestó el detective de provincias.

—También se lo agradezco. Le debo una gran alegría, amigo.

—Disculpe, pero no la conozco. No entiendo...

—Vi su foto en un periódico. Usted le dio su merecido a un miserable hijo de otro miserable todavía mayor —exclamó dichosa la mujer taxista, entregándole una tarjeta con el número de su celular y la promesa de que podía contar con ella para lo que fuera.

George Washington Caucamán bajó del taxi preguntándose si tamaña celebridad valía la pena.

En la pensión le enseñaron un cuarto de inventario espartano, que aceptó luego de asentir sin comentarios a las recomendaciones de la patrona. Una vez que estuvo solo, se tendió en la cama a pensar en los motivos que llevan a odiar con tanta saña a los hermafroditas: la patrona había insistido en la prohibición absoluta de realizar reuniones entre personas de ambos sexos en las habitaciones.

El frío de agosto y la soledad de los muros lo sumieron en un sueño ligero, interrumpido por la ausencia de los olores queridos. Le faltaba el olor de su colchón relleno con lana de las mejores ovejas magallánicas, le faltaba el olor y el crepitar de la leña en la salamandra de hierro, le faltaba el olor de la lluvia removiendo la tierra, le faltaba el olor elemental compuesto por todos los olores australes.

Entre tanta ausencia recordó que no había comido en todo el día y se dispuso a salir, pero antes de hacerlo comprobó si la Catalina estaba bien lubricada, y si las once balas del nueve largo llenaban el cargador.

La Catalina era una Ballester Molina, de fabricación argentina, regalo del comisario pocos días antes de su partida.

—Llévala siempre contigo, muchacho. En estos tiempos no es sano andar en bolas.

Buen consejo. No saldría a la ciudad en bolas, así que acomodó el arma a la espalda, justo donde comienza el espinazo.

En la calle, el frío y la humedad traspasaban la ropa con insistencia. Se cruzó con unos pocos transeúntes de andar apresurado. Todos andaban con el cuerpo encogido e inclinado, como si una flecha se les hubiera clavado en el medio del vientre. Huyendo del frío entró a la primera cantina, y mientras esperaba a que le sirvieran el menú del día pensó con nostalgia en sus compañeros de la Patagonia. A esa misma hora estarían asando un costillar de cordero, luego tomarían mate y echarían unas partidas de truco matizadas con chistes picantes.

Trinchaba con desgano un bife delgado como sello postal pero ofrecido como filete, cuando dos tipos de cabellos muy cortos se invitaron a su mesa.

George Washington Caucamán los miró con detenimiento, luego agitó las aletas nasales, olió el aire de la cantina, y entre los vahos del vino y la fritanga distinguió el inconfundible hedor del estiércol cuartelero.

—Así que tú eres el indio de mierda —saludó uno.

—De mierda, no. De Aysén —corrigió sin dejar de comer.

—Si yo digo que eres un indio de mierda, eres un indio de mierda. ¿De acuerdo? —insistió el tipo.

—No. Me crearías problemas de identidad. Me gusta saber de dónde soy —explicó el detective de provincias.

—Escucha, indio de mierda. Somos amigos de Manuel Canteras y te vamos a capar —informó el otro tamborileando los dedos sobre la mesa.

—Puede ser, pero no con esa garra —respondió George Washington Caucamán, clavando el tenedor en la mano del sujeto.

Empuñando la Catalina los vio salir. Uno repetía siniestras amenazas de castración, descuartizamiento, electrodos y otras especialidades que parecía dominar, mientras el otro daba alaridos tratando de quitarse el tenedor que le traspasaba la mano.

Ignorando la consternación del mesonero rechazó el postre, y al sacar dinero para pagar la consumición con el tenedor incluido, encontró la tarjeta de la mujer taxista.

No supo bien por qué marcó, pero le hizo bien escuchar esa voz amiga al otro lado de la línea.

—Soy el que le dio la receta contra las garrapatas.

—Esperaba su llamada. ¿Ya se metió en líos?

—¿Cómo lo sabe?

—Su foto salió en la prensa, amigo, y en Santiago hacen nata los hombres rencorosos. Dígame dónde está y paso a recogerlo en unos minutos.

Diez minutos más tarde, acomodado en el taxi de Anita, se repitió que no quería vivir ni morir en Santiago.

—¿Adónde vamos? Lo llevo a cualquier parte.

—Hagamos un poco de turismo. La invito a un trago.

El auto se puso en marcha y Anita Ledesma respetó el silencio del detective de provincias. Ese hombre tenía algo que la inquietaba y enternecía al mismo tiempo. No era Corto Maltese ni el Llanero Solitario, pero intuyó en él al vengador enmascarado que los parias de la tierra esperan.

Mientras cruzaban el centro, esa parte supuestamente vital de la ciudad que agonizaba apuñalada por los shopings, Anita encendió discretamente la radio. El noticiero aseguraba que Chile estaba muy bien, mejor que bien, nunca había estado mejor. Con el auge de las exportaciones se abría un futuro esplendoroso para todos. Muy pronto se exportarían toneladas de optimismo. Acompañados por la euforia del locutor que repetía el último aporte intelectual de un tipo que quería ser presidente —«el socialismo de hoy consiste en que cada chileno pueda convertirse en Bill Gates»— llegaron hasta unos jardines desiertos y bien iluminados.

—El cerro. Nicolás Guillén le dedicó unos versos; cerro de Santa Lucía, tan culpable por las noches, tan inocente de día. Ahora no es ni culpable ni inocente, es como todo el país —suspiró Anita.

—Los mapuches lo llamaban Huelén, y era un lugar sagrado —comentó el detective de provincias.

—Hasta que llegaron Valdivia, los españoles, y a sus pies levantaron esta ciudad de mierda. Acepto ese trago —dijo Anita Ledesma y puso en marcha el taxi nuevamente.

4

A las ocho de la mañana del día siguiente, el detective George Washington Caucamán entraba a un edificio adjunto a la Dirección General de Investigaciones. Una placa de acrílico mostraba infinitas cagadas de moscas e indicaba que en el segundo piso atendía la comisaría de investigación de delitos sexuales.

Al salir del ascensor pensó que se había equivocado de piso y estaba en una escuela de secretariado, porque las seis mujeres que ocupaban los escritorios eran jóvenes, atractivas, y el lugar, con sus coquetas plantas de interior tenía muy poco de dependencia policial, pero la presencia de una Browning pegada a la estrecha cintura de la morena del segundo escritorio le confirmó que se encontraba entre colegas. Así que primero carraspeó y luego saludó tímidamente.

Ninguna respondió. Ni siquiera le dirigieron una mirada. El detective de provincias se quitó entonces el abrigo, pensando que con ese primer paso de strip tease por lo menos les indicaría dos verdades: que existía y además iba vestido.

—Es un piso más arriba —dijo la morena de la Browning.

—¿Qué es un piso más arriba?

—Las fotocopiadoras. ¿No lo manda la Xerox?

Otra mujer alejó los dedos del teclado, y con un gesto de fastidio le invitó a acercarse. George Washington Caucamán le entregó la orden de incorporación a la comisaría.

—Vaya, vaya. ¿Saben a quién tenemos aquí? Al Charles Bronson de la Patagonia.

Pudo llamarlo marciano, sietemesino, cefalópodo, y el efecto causado por sus palabras habría sido el mismo. Las mujeres policías lo observaron sin piedad, de pies a cabeza, de hombro a hombro, y no escatimaron risitas.

—¡Qué *look*! La última vez que vi un corte de pelo como el suyo fue en Nosferatu —exclamó la que se notaba más joven.

—¡Y qué pinta! ¿Quién dijo que la arruga ya no estaba de moda? —agregó otra.

Las reglas de la ciudad deben ser las mismas que rigen los nidos de buitres —pensó el observado detective de provincias—: cuando un fatigado pajarraco se equivoca de nido, los dueños lo observan primero, y enseguida se lo comen.

—Intentaré corromperme para ir a Llongueras y vestir trajes de Armani —se disculpó alisando las solapas de la americana.

Las mujeres policías se miraron con algún desconcierto. «Puede hablar», pensaron.

—George Washington Caucamán. Debe ser descendiente de colonos ingleses. Mi abuelo se llamaba Evans y era galés. De pronto hasta somos parientes —comentó otra.

—No lo creo, pero mi abuelo conoció galeses en la Patagonia; les ayudó a despiojarse. Y ahora, si son tan amables, me gustaría saber cuál será mi lugar de trabajo y qué debo hacer.

—Le daremos un escritorio y lo demás se verá —cortó la morena de la Browning.

Le instalaron un escritorio en el pasillo, frente a los ascensores. El detective de provincias supuso que lo confundirían con el conserje o con el encargado de objetos perdidos, pero no protestó. El escritorio tenía tres cajones tan vacíos como el destino.

Sentado y con las manos cruzadas sobre la desierta superficie se dejó llevar por mejores preocupaciones. ¿Cómo estaría Pampero? ¿Lo cepillarían cada tarde, antes de llevarlo a la cuadra? ¿Se preocuparían de sus cascos luego de las cabalgatas? ¿Le quitarían los guijarros que se meten entre las herraduras? Y su nuevo jinete, ¿descubriría que a Pampero le gusta la cerveza?

A media mañana luchaba con los bostezos. Había visto entrar y salir a varias mujeres, algunas de ellas con ojos a la funerala, otras pálidas y demacradas, algunas muy jóvenes y llorosas, otras maduras y con la bronca de las víctimas que quieren dejar de serlo saliéndoles por todos los poros. A estas últimas las había mirado con mayor detención, con deseos de abandonar el absurdo escritorio, su condición de trasto indeseado, e invitarlas a un café para decirles que esa bronca era buena, que era un magnífico primer paso y primera defensa para detener los golpes que ya iban al encuentro de sus rostros. Sí, decirles todo eso y además hablarles de Fresia, la mítica guerrera mapuche que, ante la vacilación de su hombre a la hora de las armas, le arrojó la cría aún lactante y le espetó el «toma a tu hija y demuestra que sirves para algo mientras yo voy a defender nuestra tierra».

La morena de la Browning se le acercó simulando leer unos folios.

—Me encanta el escritorio —comentó el detective de provincias.

—Mejor para usted y para todos. Escuche; no nos gusta tenerlo entre nosotras, sabemos que usted es uno de esos que prefieren los tiros al imperio de la ley y no nos gustan los gatillos ligeros. Aquí trabajamos con otros métodos. ¿Me explico?

—Clara como el agua. Le aseguro que intentaré enmendarme. Si por casualidad debo detener a algún tipo que ha hecho papilla la cara de su mujer, antes de hacerlo dejaré el 38 y meteré una asistente social en la cartuchera.

—Usted no va a detener a nadie. Haré que le entreguen materiales de escritorio, un teléfono y una grabadora. Conforme al reglamento se deben grabar todas las denuncias.

—O sea que me incorporo al trabajo. Gracias.

—No puedo evitarlo, sin embargo no se hará cargo de ninguna investigación, de ningún caso. Le repito que no nos gusta tenerlo en la comisaría y ya arreglaremos cuentas con el cretino que nos lo encajó. Le pido por favor que espere órdenes y no haga nada por cuenta propia. A esta dependencia acuden mayoritariamente mujeres maltratadas, y ninguna mujer agredida confiaría en un hombre, mucho menos en un mapuche. Lo siento, pero la realidad es así y debemos ceñirnos a ella. Nos puede echar una mano en lo que consideremos necesario; mas le repito, no se hará cargo de ningún caso.

Lo mejor que podían hacer con él era meterlo en una maceta, regarlo todos los días y confiar en que diera alguna flor aceptable, pensó el detective de provincias. La morena se ajustó la Browning e hizo ademán de retirarse.

—Espere. ¿Puedo hacerle una pregunta?

—Siempre y cuando tenga que ver con el servicio.

—¿Qué debo hacer si aparece un camionero violado por una pandilla de hermanas de la caridad?

A mediodía le conectaron el teléfono, y el técnico, con el lenguaje ampuloso de los millones de cretinos convencidos de que un artefacto es la comunicación, le indicó las múltiples teclas y botones que lo conectaban con todas las dependencias, pero, dado que él desconocía los números, le aconsejó no usarlo.

Una vez finalizado su trabajo el técnico se marchó, y las mujeres policías también. Iban a la cantina, pasaron por su lado comentando las ventajas de la disciplina macrobiótica y lo dejaron solo.

George Washington Caucamán esperó a que el ascensor cerrara las puertas para hacer la primera llamada.

—¿Cómo lo trata la vida? —saludó la mujer taxista.

—De maravillas. Tengo un teléfono espectacular.

—Si se mete en líos no dude en usarlo.

—Anoche cené en mala compañía y no me gustó.

—Acepto. Llámeme a eso de las nueve —dijo Anita Ledesma.

Apenas había colgado cuando el teléfono sonó por primera vez en su escritorio.

—Ayer escapaste jabonado, pero vas a pagar por lo que le hiciste a Mamito —amenazó una voz enronquecida por el peor tabaco.

—Así que le dicen Mamito. Qué muchachos tan tiernos. Dile a tu colega que puede guardar el tenedor como recuerdo.

Que a uno lo persigan hasta el fin del mundo por volarle la cabeza a un prójimo, vaya y pase, pero hacer tanto escándalo por un pedazo de culo no es serio. Debe ser consecuencia del esmog, meditó el detective de provincias.

Y no pudo seguir divagando, pues en ese preciso instante vio a la mujer que salía del ascensor y buscaba ayuda entre los escritorios vacíos. Finalmente suspiró y se dirigió a él.

—¿No hay nadie? —consultó con desconfianza.

Se trataba de una mujer corpulenta, de unos sesenta años, con un vigoroso moño atado a la nuca y no venía sola. De su brazo derecho colgaba un bolso de piel imitación cocodrilo, y del izquierdo un cónyuge, verdadero, que a todas luces se movía contra su voluntad.

—Le aseguro que soy alguien —indicó el detective de provincias.

—Cariño, los trapos sucios conviene lavarlos en casa —rezongó el cónyuge.

—¡Cállese, Hipólito! Usted hablará nada más cuando se lo indique el señor detective —ordenó la mujer.

Hipólito empezó a morderse las uñas mientras la mujer abría las fauces del cocodrilo cartera y buscaba algo, hasta que finalmente dio con un folio.

—Mire esto —dijo, entregándole la hoja.

Era una factura de teléfono y bastante abultada. Había por lo menos un mes de su sueldo en aquella cuenta. Hipólito se entregó a combinar la mordedura de uñas con unos amagos de pucheros que le arrugaban la cara.

—Cariño, por favor —gimió el cónyuge.

—Es mucho dinero —opinó el detective.

—Es mucho más que eso. Fíjese en el detalle de las llamadas —indicó la mujer.

El detective revisó una vez más la cuenta. Estaban detalladas las llamadas de un mes, la mayoría eran breves y el valor hablaba de decimales, pero había diez que se llevaban la mejor tajada de la torta.

—¿Comprende lo que ha hecho este marrano? —dijo la mujer amenazando con meter un capirotazo al cónyuge.

George Washington Caucamán se encogió de hombros. Tal vez el tal Hipólito era una rata, pero hasta las ratas cumplen un cometido necesario en esta vida, por lo menos así ocurría en los bosques patagónicos, además se notaba una criatura débil y un instinto primario indica que la balanza solidaria se debe inclinar hacia ese lado. Por último se trataba de un hombre, y por pura simpatía gremial sintió deseos de decir algo salvador.

—Perdone, señora, pero no entiendo qué significa todo esto.

—Significa que lo han esquilmado, estafado, engañado. Significa que este miserable, buscando en otro lugar lo que tiene en casa, frecuenta mujerzuelas por teléfono. ¡Eso significa!

—¿Usted hace eso, Hipólito? —dijo, sencillamente por decir algo, porque el regreso de las mujeres policías le atragantó las carcajadas.

—¿Y bien? ¿Qué espera para ir a detener a esas putas? —preguntó desafiante la mujer.

—Señora, ésta es una queja para el comité de defensa del consumidor, siempre y cuando su esposo declare que lo han estafado, que los servicios recibidos no se corresponden con la oferta. Además, no hay ninguna ley que impida a don Hipólito cascársela como le dé la gana. Buenas tardes.

La mujer salió como una tromba, maldiciendo

a los indios de todo el continente americano y con el cónyuge colgado del brazo izquierdo.

—¿Hizo algún cursillo de relaciones públicas? —inquirió la morena de la Browning.

—Si quiere puedo enseñarle algo —respondió el detective de provincias.

—No muerda, colega. Y ya que le cayó el primer pajero del día revise estos expedientes, quién sabe si se convierten en un caso —dijo entregándole varias carpetas.

Todas estaban caratuladas como «Hot Line». George Washington Caucamán mató el día revisando facturas telefónicas de muchos onanistas con problemas de pago.

5

Así como las loterías, quinielas y tragaperras fomentaron la ludopatía con licencia estatal, para solaz de los bancos y de los usureros, las líneas calientes reivindicaron una práctica sexual tan antigua como la humanidad, rescatándola de la condena eclesiástica y de un aparente monopolio juvenil. La paradoja era que la paja fue siempre gratis y el sexo telefónico la convirtió en un placer de lujo.

—Las tecnologías modernas también llevan a confusiones sexuales, Anita —comentó el detective George Washington Caucamán, mientras su compañera revisaba sus maltratados pies.

Anita Ledesma vivía en una pequeña casa del barrio San Isidro, y todo su mobiliario era práctico y funcional, como ella misma. Las paredes estaban decoradas con unas arpilleras que recordaban un pasado demasiado pegado al presente, el de los

tiempos de la Vicaría de Solidaridad, y unos afi-
ches de la Feria Chilena del Disco enseñaban a
Víctor Jara sonriendo desde una vida prolongada
en su ejemplo y sus canciones. La voz de Joan Manuel Serrat dejaba escapar cascadas de sentimien-
tos desde una casetera, y a sorbitos hacían honores
a una botella de Undurraga.

Abraxas, perro básico y sin mayores antecedentes raciales que un rabo dispuesto a dar señales
amistosas hasta cuando dormía, ocupaba su lugar
junto a la estufa, feliz de verse libre de las molestas
garrapatas, y se veía inocente como sólo puede serlo un chucho de barrio, un quiltro en el buen decir
de los mapuches, ajeno a su nombre, que no era
más que el último recuerdo de los libros de Her-
mann Hesse, y que Anita, como tantas y tantos de
su generación, había leído sin saber que con el
tiempo serían parte del inventario generoso que
dejan las grandes derrotas.

George Washington Caucamán sirvió las copas
de vidrio tosco, verde, con un gallito destacando la
gallardía de un relieve, y obedeció al «la otra pati-
ta», musitado por aquella mujer de cabellera espe-
sa que, inclinada, se daba a la tarea de eliminarle los
callos.

—Mire, amigo —había dicho en el café donde se
dieron cita—, yo creo en los astros y ellos dicen que

usted y yo terminaremos en la cama, de tal manera que, como las cosas están claras, le propongo saltarnos las ceremonias de conquista, seducción y mentiras, y que empecemos en cambio a conocernos de la mejor manera. En casa tengo suficientes espaguetis y varias botellas de vino.

—Supongo que llegó la hora de tutearnos —respondió Caucamán.

Entre los dos sumaban más de ochenta años, y tal cúmulo de tiempo predispone al amor sincero, libre de aspavientos, proezas fallidas o disculpas absurdas, y como no hay nada que perder el resultado es una enorme ganancia.

—¿De verdad crees que el sexo se presta a confusiones? —preguntó Anita dándole duro a la escofina.

—A veces ocurre. Recuerdo una historia que me contaron unos arrieros en la Patagonia. Hace varios años, cuando los milicos de Chile y Argentina estuvieron a punto de empezar una guerra, un frente de mal tiempo bloqueó y aisló a varias compañías de infantería muy cerca de la frontera con Argentina. Treinta días y treinta noches de lluvia sin pausas soportaron los pobres milicos, con todas las incomodidades que puedes imaginar. Así, al fin de ese mes de agua, un teniente de nuestro glorioso ejército se acercó al grupo de arrieros para preguntarles cómo aliviaban ellos los tormentos de la entrepierna. Le respondieron que de la manera más conocida, y que si se sentía muy apremiado podían llevarle una mula junto al río. El teniente, hombre de honor a fin de cuentas, se indignó y amenazó con fusilarlos por pervertidos. Pasó otro mes y a la lluvia se agregó la nieve. El teniente volvió a ver a los arrieros y con toda la vergüenza del honor en crisis les pidió que le concertaran una cita con la mula. Los arrieros, hombres simples donde los haya, sin entender el motivo de semejante pudor le respondieron que conforme, que al día siguiente tendría la mula junto al río que crecía y crecía. El teniente acudió con puntualidad castrense, y luego de ordenar a los arrieros que se volvieran, se bajó los pantalones y empezó a fornicar con el animal; entonces, uno de los arrieros giró la cabeza y le dijo: mi teniente, usted se ha confundido, la mula es para cruzar el río, las putas están al otro lado. ¿Te das cuenta?

La risa de Anita despertó al perro, y así, sin dejar de reír se echó encima del hombre. George Washington Caucamán comprobó una vez más que sus ojos tenían el color lejano de la miel, y que sus labios sabían a miel y vino.

6

El detective de provincias se despertó alegre esa mañana. Se levantó de un salto y sintió que sus pies libres de durezas podían llevarlo a todas partes.

—Cosa o caso, esos dos tienen un problema que le compete —saludó la morena de la Browning indicándole a una pareja que esperaba frente a su escritorio.

Una mano generosa había agregado dos sillas a su magro inventario de bienes fiscales. George Washington Caucamán pensó que un cenicero bastaría para colmar sus pretensiones.

—¿Es el experto en líneas calientes? —consultó el hombre.

—He seguido pistas calientes durante veinte años —respondió el detective, recordando los vuelcos de corazón que tantas veces sintió al palpar las boñigas blandas y humeantes en un sendero de monte.

Les ofreció asiento. La mujer no era muy alta, tendría unos cuarenta y cinco años y, pese a la preocupación dibujada en su semblante, mostraba la seguridad de saberse atractiva, en lo mejor de la vida y con deseos de prolongarla. Tomó asiento con movimientos delicados, y el hombre, un flaco algo mayor que no dejaba de sobarse las manos, prefirió permanecer de pie.

—¿El señor se pasó con la cuenta del teléfono? —dijo el detective para romper el hielo.

—No. Al contrario. Por primera vez en la vida estamos libres de números rojos —precisó el hombre.

—Me gustaría tener esa clase de problemas.

—Se trata de una historia extraña, confusa, y será mejor que sea yo quien la explique —dijo la mujer buscando los cigarrillos.

El detective de provincias improvisó un cenicero de papel y cogió la libreta de apuntes.

—Me llamo María Lombardi y mi compañero se llama Sergio Téllez. No estamos casados pero vivimos juntos desde hace veintitrés años. Entre el setenta y cinco y el noventa y nueve vivimos en el extranjero, en el exilio. Éramos actores y luego del golpe militar, perdón, gobierno autoritario se dice ahora, nos quedamos sin trabajo porque estábamos en una lista negra. Nos marchamos, primero a

Colombia y más tarde a España. Ese mismo año noventa y nueve regresamos con todos nuestros ahorros creyendo que podríamos retomar nuestra actividad teatral, pero el país había cambiado, cada cual defendía su pequeña parcela hasta con las uñas y el exilio nos marcaba con el estigma de los apestados. Buscando trabajo nos comimos los ahorros, y cuando estábamos ya a punto de largarnos nuevamente descubrimos que, el miedo al sida, por una parte, y la modernidad por otra, habían incorporado a los chilenos al sexo telefónico. Así que para sobrevivir abrimos una línea caliente.

George Washington Caucamán anotaba, e íntimamente se preguntaba cómo diablos funcionaban las líneas calientes. Siempre había usado el teléfono para los fines que Graham Bell previó al inventarlo. Tal vez esos dos tenían algo que ver con el drama de Hipólito.

—Y todo marchó de maravillas. Hasta hace un par de días —agregó el hombre.

—Hasta que los usuarios se negaron a pagar las cuentas porque las consideran excesivas —apuntó el detective.

—No. Nosotros no cobramos. Tenemos un contrato con telefónica y ellos se encargan de esa parte. Nunca hemos tenido quejas al respecto. Además, nos hicimos de clientes fieles que siempre han quedado conformes con el servicio —corrigió la mujer.

Línea caliente. Hot Line. George Washington Caucamán les pidió que le detallaran el funcionamiento del negocio, y una vez más la mujer asumió la parte pedagógica del asunto.

—Es como un prostíbulo, pero virtual. Sin espejos, sin salones rojos, sin casa. Al atender un servicio no vendemos nuestros cuerpos, ofrecemos imaginación y estimulamos la fantasía erótica del cliente. Por ejemplo; un señor llama y quiere saber cómo voy vestida. Le pregunto cómo quiere verme, y si dice que en minifalda, le respondo que llevo una mini tan corta que apenas me cubre las nalgas, entonces él indica que con toda seguridad no llevo bragas, yo le respondo que jamás, que cómo lo ha adivinado, y así empieza un juego que yo sigo sin quitarme el chándal, la mejor prenda para estar en casa. Para algunos soy rubia, para otros morena, pelirroja, calva, peluda, mido dos metros o soy una enana, peso menos que una gallina o más que una vaca, soy plana o tetona, abuela cachonda o jovencita que viene de la escuela. Soy como me imaginen, y le aseguro que el imaginario erótico masculino es bastante fácil de complacer.

—¿Y el señor? ¿Atiende llamadas de señoras?

—Al principio lo intentamos, pero la liberación

femenina es enemiga del negocio —filosofó el hombre—, ahora, podemos decir que soy el técnico de sonido. Hay tipos que la quieren bajo la ducha o en el *jacuzzi*, entonces yo dejo caer agua de una regadera en un lavatorio mientras ella describe cómo se masajea con la esponja. Hay otros que la quieren en un establo con caballos, burros, perros, y yo relincho, rebuzno o ladro. Hace unos días llamó uno que quería atmósfera de circo mientras ella era poseída por un elefante. Tuve que aprender a barritar.

—Todo esto es muy instructivo, sin embargo no entiendo para qué han venido. Ésta es una comisaría de investigación de delitos sexuales.

—Es que hace más o menos una semana empezamos a recibir llamadas de un tipo extraño, muy extraño. No paga por escuchar, sino por que nosotros le escuchemos— indicó el hombre.

—En materia de gustos no hay nada escrito. Mientras les pague, no veo de qué se quejan.

—Nos persigue. Hemos cambiado tres veces el número de teléfono, pero es inútil. Y es horrible lo que nos hace oír. Es horrible —dijo la mujer enjugando dos lágrimas que desconcertaron al detective.

Desde alguna parte de la ciudad le llegó el inconfundible hedor del estiércol. Agitó la aletas nasales y se dijo que estaba frente a un caso.

7

El detective George Washington Caucamán tipeó el escueto parte que detallaba la visita de la pareja de actores reconvertidos al sexo telefónico, y finalizó indicando que iría esa tarde al estudio —quiso poner prostíbulo virtual— para comprobar la existencia de unas llamadas que calificó de anómalas, amén de obscenas e inquietantes para los perjudicados. Antes de pararse del escritorio se echó a un bolsillo el casete que le dejara la pareja, decidido a escucharlo sin otro concurso que sus propias orejas y luego decidir si lo ingresaba en el rubro de las pruebas.

La morena de la Browning leyó, comentó que lo verdaderamente inquietante sería que a cerdos como ésos les leyeran el rosario por teléfono, y le preguntó si sabía conducir, ya que tenía derecho a un vehículo.

—Los detectives rurales sabemos conducir autos, camiones, caballos, botes con motor fuera de borda y pilotamos avionetas, pero yo prefiero caminar, si no le importa.

—¿Siempre tiene que morder? —inquirió la morena de la Browning, y a continuación dejó una caja sobre el escritorio. El detective de provincias la abrió. Adentro había un Smith and Wesson del 38 largo, un estuche con 48 balas, una sobaquera y unas esposas resplandecientes.

El resto de la mañana lo dedicó a pensar en el caso que al parecer tenía entre manos. No fue fácil, puesto que le faltaba un elemento indispensable para hacerlo, que, a decir del comisario, representaba el cincuenta por ciento del pensamiento deductivo.

—Muchacho, la masa encefálica es la mitad, pero sin la otra porción que siempre será dada por un entorno en el que ponemos a flotar el cerebro, los sesos son un puñado de mierda.

Antes de iniciar las investigaciones de cada uno de los casos que había solucionado en sus años de policía rural, dejaba trotar a Pampero hasta la orilla del lago Elizalde, y ahí, frente a las serenas aguas color esmeralda que reflejaban los bosques circundantes, las nubes veloces pasando de sur a norte o las aves en retirada cuyo graznar marcaba el fin de los cortos veranos australes, daba vueltas y más vueltas a los antecedentes conocidos, imaginaba el porte, la fisonomía y los peores hábitos de los cuatreros, hasta que, luego de un par de horas de silencio patagónico, espoleaba sin rencor los ijares del caballo y se lanzaba a la empresa, seguro de lo que tenía que hacer.

Anita lo recogió al mediodía. Portaba una cesta con sandwichs, un termo de té y unas naranjas. Llovía con suavidad sobre Santiago y el olor a tierra húmeda tornaba casi respirable el aire.

—Vamos a un lugar cerca del cielo —dijo Anita y puso en marcha el taxi.

En la cumbre del cerro San Cristóbal se sintieron alegremente solos. A unos cientos de metros más abajo las faldas del monte desaparecían, se hundían en la nube de gases que lo cubrían todo y la cumbre adquiría la dulce irrealidad de un cuadro de Magritte. Pero ellos sabían que un poco más abajo estaba el parque zoológico, la enoteca, los jardines del barrio Bellavista, la ciudad triste y gris de agosto.

—Me gusta estar aquí —aseguró el detective.

—A mí también. Vengo cada vez que puedo. Imagino que de pronto soplará un fuerte viento desde el Pacífico, se llevará la nube de esmog, y al bajar encontraré la ciudad que perdí en el setenta y tres —confidenció Anita mondando una naranja.

—Vaya. Así que también eres del bando perdedor. Dicen que hubo una guerra y quisiera conocer a los vencedores. Hasta ahora sólo he topado con los que perdieron. Además de la ciudad, ¿qué otra cosa perdiste?

—Por ejemplo, un compañero. Se llamaba Moisés Panquilef, mapuche, como tú. ¿Qué quieres decir con eso del bando perdedor?

—Hoy conocí a una pareja de actores, exiliados que retornaron a una ciudad que los desconoció. Siento lo de tu compañero.

—Yo también. Pero aprendí a vivir con eso. Nos conocimos en la facultad de pedagogía, los dos queríamos ser maestros e irnos al sur, al lejano y profundo sur que me pintaba como un paraíso. Vivimos juntos dos años, hasta que un día de noviembre del setenta y tres lo sacaron de la facultad y se transformó en un recuerdo, una carpeta, un desaparecido más. Y tú, George Washington Caucamán, ¿quién diablos eres tú?

—Un hombre del mismo sur al que pensabas ir. Soy hijo de un panadero mapuche que leía el *Selecciones*. De ahí mi nombre. Y tengo un hermano que se llama Benjamín Franklin Caucamán. Un día el viejo decidió que los mapuches sólo sobreviviríamos si nos colocábamos del lado de la ley. Me hice detective y mi hermano es carabinero. A los dos nos gusta lo que hacemos.

Llovía, y se estaba bien en el auto, aislados del mundo, protegidos por la cortina de agua que se deslizaba por el parabrisas. Anita metió una cinta de Los Panchos en la casetera y sirvió las jarras de té.

—Me gustaría escuchar esto —dijo el detective sacando de un bolsillo el casete que le dieran los actores.

El tiempo tiene mil voces y la mayoría son crueles. Esa voz del tiempo se presentaba masculina, ronca, segura. Se dirigía a los homosexuales, a las putas, a los curas rojos, a los sindicalistas, asegurando que muy pronto pagarían por sus inmoralidades y traiciones a la patria. Luego, la cinta continuaba con un fragmento del *Venceremos*, seguía con un par de frases del último discurso de Allende, para dejar paso al llanto, a los gritos desesperados, a los ruegos de piedad, a los aullidos, a las respiraciones entrecortadas de gentes arrancadas del desmayo y devueltas a las garras del dolor.

Anita arrancó la cinta de la casetera.

—¡Espera! No la rompas —dijo el detective.

—¿Qué degenerado ha hecho esto? —se preguntó a sí misma, con la mueca del llanto deformándole el rostro.

George Washington Caucamán le acarició la cabellera, y mientras esperaba a que un milagro de-
volviera la dulzura natural a esos ojos color miel,
recordó ciertas palabras escuchadas al comisario
algunos meses después del golpe militar. Le aseguraba que se irían al peor de los servicios, pero que
conservarían las manos limpias, y así, cuando el te-
rror militar se disipara, ellos podrían exhibir con
orgullo la dignidad simple de las manos limpias.

—Me la dieron los actores de quienes te hablé.

—¿Sabes qué son esos gritos?

Desde luego que lo sabía, y se maldijo por re-
currir a una mentira piadosa.

—Puede ser un montaje.

—¡No! Son gritos de personas que están siendo
torturadas. Conozco esos gritos porque pasé por
el infierno. ¡Estuve dos meses en Villa Grimaldi!
—gritó Anita sin preocuparse por las lágrimas, y el
auto se tornó estrecho, pues todos los fantasmas
del miedo se refugiaron en él.

George Washington Caucamán tuvo deseos de
abrir la puerta, salir del auto y perderse bajo la lluvia. La Catalina le calentaba el espinazo y el Smith
and Wesson hacía lo mismo bajo el sobaco izquierdo. La mano derecha sudaba deseosa de em-
puñar cualquiera de las dos armas, y el índice tem-
blaba ante la perspectiva de apretar el gatillo, soltar

once ladridos justicieros calibre nueve milímetros, y si no bastaban vaciar las seis balas del 38 que cargaba el revólver reglamentario. Pero estaba solo en la ciudad y su misión era imponer la ley.

—Ya pasó, Anita. El horror quedó atrás —dijo abrazándola, y de inmediato se avergonzó de sus palabras. Esas frases de consuelo debían terminar indicando que «ahora estamos en democracia y debes perdonar a los que te hicieron daño».

—¿Qué harás con la cinta? —preguntó Anita secándose las lágrimas.

—Es una prueba. Pertenece al sumario, si lo hay.

—No habrá ningún sumario. Los milicos son intocables.

Había dejado de llover. Un ave de rapiña cruzó la pequeña panorámica de cielo enmarcado por el parabrisas. Volaba alto, tanto que George Washington Caucamán no logró identificarla. Podía ser un águila, o un chimango, o un halcón de los Andes. Fuera lo que fuese, le dijo sin embargo al detective que llegaba la hora de salir del cómodo cascarón de la inocencia, del yo no me ensucié las manos que tampoco eximía de culpa, y por sobre todo le dijo que era el momento de entender de una vez y para siempre que cuando la mierda salpica los ensucia a todos.

—¿Dónde podemos hacer una copia de la cinta? —preguntó el detective.

—Conozco un lugar. Vamos —respondió Anita, y echó a andar el taxi.

La casa de Radio Tierra estaba a los pies del cerro San Cristóbal. Era una emisora de mujeres, hecha y mantenida por mujeres, y se encargaba de recordar a las mujeres que también pertenecían al género humano.

Anita saludaba y era correspondida con muestras de cariño. Una operadora de sonido recibió la cinta y les indicó que en cuestión de minutos les haría una copia.

—¿Sabes en qué lío te has metido? —consultó Anita acariciándole una mano.

—Aclaremos las cosas; soy policía y ese casete ni siquiera es un indicio de algo. Es un objeto de plástico sobre el que alguien ha registrado voces y gritos, pero ni tú ni yo sabemos cuándo fueron grabados.

Anita se alejó hacia un grupo de mujeres, y el detective de provincias supuso que tal vez hablaría de él. Diría que, mucho más pronto de lo esperado, había mostrado la hilacha de su frialdad funcionaria. Así ocurría siempre con las víctimas, se aferraban a cualquier señal que interpretaban como premonitoria y las llamadas a la razón eran consideradas como falta de cojones. Recordó los ojos brillantes de esperanza de una familia mapuche a la que habían robado un puñado de ovejas, mientras le enseñaban mínimas huellas que la nieve de San Rafael iba borrando con prisa. Podían ser pisadas de huemules, de guanacos, de cervatillos, pero insistían en que se trataba de las pisadas inconfundibles de sus ovejas. Recordó también que lo más feroz del invierno austral se reflejaba en los rostros ajados de aquella familia, y que al decirles que no podía seguir un rastro sobre terreno nevado no dijeron una palabra, pero sus ademanes derrotados fueron elocuentes: habían confiado en que él les devolvería las ovejas, y les había fallado.

Y ahora, ¿a quién le fallaba? Los protagonistas del teléfono erótico no hicieron ninguna denuncia, simplemente manifestaron sus temores. Y si Anita estaba en lo cierto, ¿quién se atrevería a poner una denuncia? En cualquier película norteamericana la policía dejaría que el autor del casete permaneciera tres minutos en la línea y darían con él. Mas por desgracia estaban en Chile, un país en donde estas cosas no ocurrían, nunca ocurrieron, aunque el discurso oficial reconoció algunos excesos cometidos por los beneficiados de las leyes de aministía. ¿Quién autorizaría que un detective rural, mapuche por añadidura, hurgara en las cloacas del pasado?

George Washington Caucamán agitaba las aletas nasales cuando la operadora de sonido se acercó con las dos cintas.

—La copia es más nítida que la original. Quité los ruidos parásitos producidos por el motor de la grabadora —dijo, pero el detective estaba lejos, con la vista perdida en el jardín que ya empezaba a ser invadido por las sombras.

Esperaba una señal porque estaba seguro de merecerla. En sus oídos todavía sonaban las palabras acompasadas de la *Machi* que le inculcó las leyes del *Mamelche*. Por cada árbol talado había plantado otro, dos si eran frutales, no cortó jamás un tallo de hierba si no sabía exactamente para qué servía, ni permitió que Pampero devorara las jugosas flores del copihue. ¿Dónde estaba entonces la recompensa prometida? ¿Dónde la voz de *Zen Zen* que agradecido le haría la revelación necesaria? ¿O era que los dioses mapuches tampoco existían?

—Perdón, ¿cómo dijo? —exclamó al ver a la operadora de sonido con los casetes en la mano.

—La copia es mejor porque eliminé los ruidos parásitos —repitió la mujer.

Así que ésa era la señal. «Cuando los guanacos

callan descubrimos la guarida del puma», decían los viejos de la Patagonia.

George Washington Caucamán recibió las dos cintas y sonriendo de oreja a oreja indicó una estantería al fondo de la sala.

—¿Eso es un archivo de sonido? —preguntó.

—Sí, ahí está grabada la existencia de la radio —contestó la mujer.

—Quiero escuchar entrevistas o declaraciones de militares. ¿Me puede ayudar?

Las mujeres de Radio Tierra no iban a pedir una orden judicial para abrir sus archivos a un detective decidido a hurgar en las tinieblas. Rápidamente lo instalaron en una sala, dos mujeres periodistas empezaron a llevar cajas de cintas hasta los aparatos reproductores, y con los cascos auriculares puestos vio a Anita, que retornaba a su oficio de cazar pasajeros por las calles ya oscuras de la ciudad.

Antes de salir se inclinó frente a un citófono, y su voz le llenó la cabeza de ternura.

—¿Me llamas en cuanto termines?

Iba a ponerse de pie, pero una de las mujeres le indicó el micrófono.

—No sé lo que busco ni cuándo lo encontraré —dijo.

—No importa. Veo que decidiste llegar hasta el fondo.

—Siempre he estado en el fondo, Anita. Y es tiempo de subir a la superficie —dijo el detective de provincias, y empezó a olisquear entre las huellas dejadas por cientos de voces.

8

La pareja de actores reconvertidos al teléfono erótico tenían su estudio-vivienda en un antiguo edificio de la calle Tenderini. Tras abrirse paso entre los fulleros y carteristas que se apropiaban de las calles céntricas de Santiago, el detective de provincias buscó el número, llamó, y luego de musitar dos palabras al citófono subió las escaleras hasta la tercera planta.

Le ofrecieron asiento en una sala de estar como la de cualquier piso: un sofá, dos sillones, muchos cojines, una reproducción del *Guernica* que hablaba del tiempo vivido en España, un estante con libros y chucherías, y en la mesilla de centro el teléfono conectado a una grabadora con amplificador. Vio también otros objetos entre los que reconoció dedales, campanillas, una regadera y un lavatorio con agua.

—¿Para qué sirven esas planchas metálicas? —consultó.

—Con ellas hago ruido de truenos. Hay tipos

que la quieren desnuda y corriendo bajo una tormenta —informó el hombre.

La mujer vestía chándal azul y llevaba el cabello recogido en una cola que caía sobre su espalda. No se veía precisamente erótica. El teléfono sonó, y ella, con un gesto, le indicó que acercara uno de los sillones.

—¿Aló? Hola, Ernesto, ¿tú de nuevo? ¡Vicioso! Ayer me dejaste casi muerta, Ernesto. ¿Quieres que lo hagamos de nuevo? Eres mi macho, mi hombre, sí, te la siento, la tienes enorme, así, pónmela entre las tetas, me das miedo, me vas a dejar deforme con esa verga tan gorda. Espera, espera que me quito las bragas. Ahora sí, Ernesto, Ernesto, déjame chupártela...

El tal Ernesto estuvo unos tres minutos al teléfono. Con un bolígrafo atravesado en la boca, la mujer le pedía que la dejara respirar, porque su verga la ahogaba, y luego de jadear lo conminaba a correrse, hasta que un sonido gutural indicó que al tal Ernesto se le habían soltado las cabras.

—Tres minutos. Para cigarrillos y algo más —murmuró el hombre.

—Se sabe que la prisa es mala consejera —comentó el detective.

—¿Escuchó la cinta? —consultó la mujer.

—Varias veces. No es mucho lo que tenemos. Esperemos a que llame, tal vez entonces reunamos algo más.

Desde el sillón sintió pasar las horas mientras la pareja atendía a diferentes onanistas telefónicos. El hombre era de verdad un estupendo imitador, relinchaba casi tan bien como Pampero cuando, satisfaciendo los deseos de un veterinario frustrado, acompañaba la descripción que la mujer hacía del falo de un caballo, y ladraba como un perro feliz cuando, a requerimiento de un amante del amor canino, la mujer gemía de placer mientras era poseída por un chucho imaginario al que llamaba Nerón.

George Washington Caucamán se dijo que la gente de la capital tenía costumbres bastante extrañas. Los hombres de la Patagonia tal vez eran menos refinados, pero sabían cómo llegar al burdel y fornicaban de cuerpo presente. Recordó con nostalgia alguna visita a la casa de doña Zunilda Brown, en Chile Chico. Allá se llegaba con alegría, se entregaban los caballos a un mocito y enseguida, luego de las gentilezas de rigor, que siempre consistían en alabar los arreglos del salón de baile mientras se despojaba de las espuelas, se saludaba a los demás parroquianos, profesores, empleados del correo, gauchos y empleados de las estancias laneras, se invitaba a una de las chicas a beber algo, y entonces se pasaba a bailar un valsecito chilote, una ranchera, un pasodoble o un tango. A continuación, con la anuencia de la que sería compañera por esa noche, venían unas manitos de truco matizadas con chistes picantes, porque en la Patagonia, a una mujer, por muy puta que fuera, había que seducirla demostrando habilidad con los naipes, chispa e ingenio en los versos que acompañaban a cada jugada, y nobleza si la fortuna se inclinaba hacia otras manos. Así, con el placer de vivir a flor de piel, el amor se presentaba como la mejor manera de coronar una buena noche, y más tarde, de vuelta al salón, llegaba el momento de comentar con los otros parroquianos las incidencias de la vida, mientras doña Zunilda repartía empanadas recién horneadas y anunciaba que el cordero se terminaba de dorar en el asador.

—¡Es él! ¡Es él! —exclamó el hombre.

George Washington Caucamán apretó la tecla de grabación y escuchó con los ojos cerrados.

—¿Te asusté, mariconazo? ¿Y tú, putilla comunista? ¿Creyeron que no iba a llamar? —empezó diciendo la voz masculina, recia, ronca y decidida—. Me gustan las sorpresas pero unos pinganillas como ustedes no pueden sorprenderme. Sé que fueron a la policía y que tienen ahí a un indio de mierda. ¿Estás ahí, indio? Me alegra, porque en pocos días serás tú el gran protagonista de mi programa. Ahora escuchen y tiemblen...

Y el horror empezó a escapar por el amplificador.

9

La reacción de la pareja de actores fue histérica. Sin cesar de repetir que nada había cambiado en ese país de mierda, que todo, la casa, la policía y hasta el mismo aire estaba controlado por los militares, mal llenaron un par de maletas y se largaron sin molestarse en decir adiós al detective o cerrar la puerta.

George Washington Caucamán se quedó solo. Buscando algo de beber dio con una botella de Gato Negro, la abrió, sirvió una copa, y mientras el estupendo sabor del vino le entregaba sus secretos escuchó una y otra vez la cinta.

El dueño de aquella voz había cometido un error imperdonable; los desgarradores gritos, aullidos y súplicas duraban diez minutos, tiempo suficiente para, en caso de que la policía tuviera pinchado el teléfono erótico, dar con el número desde donde se hacía la llamada. Era un error enorme, pero no le importaba. Dieciséis años de dictadura bastaron para convencer a los criminales de que la impunidad era la ley en Chile. Y tal convicción les hacía desdeñar los errores, porque tenían la sartén por el mango.

Escuchó la cinta por última vez, y recordó con tristeza que en su vida de detective rural, cada vez que daba con las dos puntas de la madeja sentía la satisfacción del trabajo bien hecho. Pero ahí, en el piso abandonado por los actores, sólo sentía la tensión de su cuerpo, los músculos endurecidos esperando un ataque de resultado incierto.

Bebió otro sorbo de vino, tomó el teléfono y marcó varios dígitos.

—¿Jefe? —saludó.

—Muchacho, ¿cómo estás?, ¿qué tal te tratan en la capital? —contestó el comisario desde la lejana Patagonia.

—Creo que estoy como siempre, con la mierda hasta el cuello, y no de la mejor.

—Vaya. Deduzco que te has metido en un lío de los gordos.

—Así es, jefe. Creo que la parca me echó el ojo. Mala cosa.

—¿Quieres un consejo de viejo sabio? Vuela, muchacho. Aléjate de ahí ahora mismo, coge un tren, un bus, un barco, camina. Fin del consejo. Detesto hablar como viejo sabio, porque los viejos sabios si lo son de verdad no dan consejos; se limitan a observar desde la cómoda atalaya de los años. Sólo tú sabes lo que debes hacer y mi única recomendación es que lleves la iniciativa, que comandes los hechos.

—Es lo que quería oír. Haré como los huiñas.

—No te entiendo, muchacho.

—Pedro de Valdivia llegó a la Araucanía con una mujer guerrera, doña Inés de Suárez, cuyo único bagaje era su espada y una pareja de gatos. En un combate cerca de Angol perdió los gatos y nunca los recuperó. Valdivia murió, doña Inés también, los conquistadores se hicieron criollos, y los gatos se multiplicaron libres y salvajes en las cordilleras de Arauco. Son gatos pequeños, elásticos, grandes cazadores y lo único que los diferencia de los otros felinos domésticos son las zarpas, grandes, como guantes de boxeo. Los mapuches les llamamos huiñas y son animales valientes. A veces, una jauría de perros consigue arrinconar a uno, y al contrario de lo que hacen los gatos caseros al sentirse asediados, que es recogerse sobre sí mismos como si quisieran desaparecer, los huiñas se lanzan sobre la jauría, a sabiendas de que van a morir despedazados, pero seguros de que no caerán gratis, y mueren con un ojo de perro o un trozo de hocico entre las garras.

—Muchacho..., buena suerte —dijo el comisario.

—Gracias, jefe —respondió el detective de provincias.

Colgó el teléfono y bebió un tercer sorbo de vino. Recién entonces percibió que el ruido que subía desde la calle había cesado. Agitó las aletas nasales y se acercó a la ventana.

Frente al edificio había un auto estacionado, con los faros apagados pero con el motor en marcha.

George Washington Caucamán regresó hasta el teléfono y marcó el número de Anita Ledesma.

—Anita, deja lo que estés haciendo y vete a la radio.

—Ya estoy aquí —respondió Anita con tono apesadumbrado.

—¿Tuviste visitas en casa?

—Mataron a Abraxas. Lo degollaron y le metieron unas ramas en la boca...

—De hojas lisas y alargadas. No te muevas de ahí.

Ramas de canelo, el árbol sagrado de los mapuches. El mensaje era muy claro, se dijo el detective de provincias mientras revisaba el cargador de la

Catalina y el tambor del Smith and Wesson del 38 largo.

Salió del apartamento sin apagar las luces. Mientras las ventanas permanecieran iluminadas los que esperaban abajo no saldrían del vehículo. Por fortuna el pasillo estaba a oscuras, y también la escalera que bajó a tientas, rogando que ningún vecino llegara y encendiera las lámparas de la entrada.

Pegado a la muralla como una mosca, George Washington Caucamán miró a través de la puerta de vidrio. El auto estaba a unos cuatro metros, pegado al bordillo, y la leve, fugaz lucecilla incandescente de un cigarrillo le indicó que el conductor fumaba, y que no estaba solo.

—Ya se sabe que fumar es peligroso para la salud. Mala cosa —musitó el detective de provincias, amartillando la Catalina con la mano derecha y el Smith and Wesson con la izquierda. Un segundo destello amarillento en el interior del vehículo traicionó al que encendía un pitillo en el asiento trasero.

—Bueno, si dicen que soy un gatillo ligero, habrá que demostrarlo —murmuró antes de salir.

Abrió la puerta y saltó a la calle. Antes de que sus pies tocaran el suelo hizo ladrar las armas y vio cómo los vidrios de la puerta del acompañante se astillaban y caían convertidos en gravilla.

El flaco del tenedor nunca más le arruinaría cenas a nadie, porque la bala le había entrado por la oreja derecha llevándole un cuarto de nuca a la salida. El conductor tampoco volvería a sentarse al volante ni pensaba en eso; toda su atención estaba centrada en tapar el agujero de la garganta por el que la vida se le escapaba a chorros.

Abrió una puerta trasera y se encontró con un gordo aterrado que no sabía qué hacer con la Kalashnikov sin culata que sostenía con una mano, mientras con la otra se limpiaba la cara de las salpicaduras de sangre y masa encefálica. El cañón de la Catalina en la boca le hizo soltar el arma y salió del auto.

—Espero que tengas tu licencia de conducir al día —dijo el detective de provincias, ahora con el cañón en una oreja del gordo, que bufaba por el esfuerzo de sacar al conductor del asiento.

Disparos en una calle vacía. Dos cuerpos tendidos, bañados por la tenue garúa, y recibiendo el adiós de las ventanas que se cerraban, de las luces apagadas por la costumbre del miedo.

—No me mates, soy casado, tengo hijos —gimió el gordo limpiando la sangre del volante con la corbata.

—Tienes pocas chances de celebrar el próximo día del padre. Como bajes de los cincuenta por hora tu mujer se queda viuda.

El auto se alejó por avenidas medio desiertas, y sólo el «víbora dos, responda», «¿qué pasa, víbora dos?» saliendo insistentemente del equipo de radio rompía la monotonía del viaje.

—¿Hacia dónde nos lleva esta calle? —preguntó el detective de provincias.

—Al río, por favor no me mates —suplicó el gordo.

—Diles que me siguen rumbo a la estación central, que voy en un Chevy verde.

El cañón de la Catalina en la oreja fue muy estimulante para el gordo. Víbora uno respondió que conforme, que iban tras ellos.

—Limpia la sangre del parabrisas, imbécil. ¿Quieres tener un accidente?

El gordo se quitó la corbata para cumplir la orden. Lloriqueaba, imploraba la protección de un tal Jesusito, sudaba, de sus poros escapaba un hedor agrio de loción barata, adrenalina, pánico y algo peor. George Washington Caucamán agitó las aletas nasales.

—Te cagaste en los fundillos, hijo de puta.

—¡No me mates! ¡Por Dios, no me mates!

—Depende de ti. Mientras menos te agites menos apestas. ¿Tienes un celular?

—Hay uno en el asiento de atrás —contestó el gordo.

El detective de provincias echó mano al teléfono, comprobó el estado de la batería y respiró satisfecho de comprobar que estaba cargada a tope. La avenida Santa María apareció bordeando el río Mapocho. Unos pocos autos lujosos pasaban hacia el este, hacia los barrios ajardinados en los que se decidían los peores destinos del mejor de los países.

—Dicen que por este río pasaban los muertos, cientos de muertos. ¿Es verdad?

—Yo no tuve nada que ver con eso —gimió el gordo.

—Te pregunté si es verdad.

El cañón de la Catalina se metió nuevamente en la oreja del gordo.

—¡Es verdad! ¡Todos saben que es verdad! ¡Por favor no me mates!

—¿Cómo lo hacían?

—Los mataban en los regimientos y en los centros operativos...

—No te entiendo. ¿Qué centros operativos?

—Casas que teníamos. Casas que les quitamos a los rojos y servían para los interrogatorios...

—¿Como Villa Grimaldi?

El cañón de una nueve milímetros metido en una oreja promueve la locuacidad, y George Washington Caucamán escuchó las malditas verdades que no lo tocaron en la lejana Patagonia, que no lo salpicaron en su territorio verde, que no estorbaron su oficio de cazador de cuatreros y contrabandistas, de representante de la ley en un país gobernado por asesinos.

—... algunos se iban, morían en los interrogatorios, otros se suicidaban, a otros simplemente los mataban por el puro gusto de hacerlo. Luego los abrían, les vaciaban las tripas y los tiraban al río, o al mar, para que se los comieran los peces...

—Al cerro gordo, cagón. Vamos a subir al cerro.

Empezaron a subir el estrecho sendero flanqueado por árboles tan antiguos como la ciudad. La triste llovizna dificultaba el avance, las ruedas se aferraban mal al terreno, pero la Catalina pegada a la oreja del gordo hizo de él un piloto de rally.

Ya en la cumbre le ordenó bajar, lo esposó abrazado a un tronco, y se alejó hasta sentir el aire limpio de la altura. Enseguida se familiarizó con el celular y llamó a Anita Ledesma.

—Escúchame y no me hagas ninguna pregunta. Repetí nuestro paseo y aquí me quedaré. Necesito que reúnas mucha gente, a toda la gente posible y que vengan aquí a las siete de la mañana. Ni antes ni después. A las siete de la mañana. También necesito que todos traigan radios portátiles sintonizadas en vuestra estación, y que las técnicas estén preparadas para grabar una conversación telefónica que difundirán de inmediato.

—Comprendo. ¿Eso es todo?

—Eso es todo, Anita.

—Indio. Te quiero —susurró la mujer.

—Yo también te quiero, huinca —respondió el detective mapuche.

George Washington Caucamán completó la carga del Smith and Wesson y de la Catalina. Luego revisó los bolsillos del gordo y encontró una petaca con whisky.

—La noche será larga. Trata de dormir —aconsejó.

—¿Me vas a matar aquí? —volvió a gemir el gordo.

—¿Qué? ¿Te vas a poner sentimental de nuevo?

—Tengo dinero. En casa tengo dólares. Cinco mil...

—El intento de soborno a un policía está sancionado con dos años de cárcel, pero, ya que tienes deseos de hablar, dime, ¿qué pensaban hacer conmigo?

—Teníamos órdenes de llevarte hasta alguien importante...

—El general Canteras. ¿Y luego?

—No lo sé, indio. Las órdenes eran de llevarte...

—No te creo y los mentirosos me ponen de mal humor. Un mapuche enojado es peligroso porque le da por pensar, y yo, por ejemplo, ahora estoy pensando en que tú y yo somos parte del mismo país, del mismo continente. Somos dos hombres, y hace apenas doce millones de años que el hombre apareció por estos pagos. ¿Y para qué? ¿Para terminar convertido en un tipo de tu calaña? —meditó el detective de provincias acercando la Catalina hasta la cabeza del gordo.

—No me mates. Por diosito no me mates —lloriqueó antes de recibir el golpe en la nuca que lo desplomó como un saco de estiércol.

10

La noche siguió larga y fría. La garúa persistente empapaba el follaje de los pinos y luego caía convertida en lentos goterones. Muy cerca, la enorme virgen abría los brazos para bendecir una ciudad maldita. George Washington Caucamán, sentado con las piernas cruzadas, con la espalda apoyada en un tronco, observaba las luces titilantes de las calles y avenidas. Desde el jardín zoológico le llegaba a veces el murmullo de algún animal inquieto que no lograba identificar. Pero el olor de la tierra mojada le llenaba el cuerpo de una ingenua placidez, y se vio tal como siempre que pensó en la muerte deseó verse. Esperándola sin miedo, sentado sobre la tierra y mirando las aguas del gran fiordo de Aysén. Las aguas color acero del Pacífico que se internaban por el fiordo hasta el corazón de la Patagonia le llevaban el enigmático llamado de los delfines, y al verlos rasgar el aire en saltos prodigiosos cuya razón nadie se ha explicado jamás, sentía que la muerte era una circunstancia más del infinito ciclo que da origen a todas las cosas, y que ninguna empresa cometida, por muy grande que fuera, merecía el castigo de la inmortalidad.

Un pájaro madrugador cantó desde las sombras. Miró el reloj; eran las seis de la mañana y el gordo continuaba despaturrado y abrazado al tronco. Lo despertó de una patada en los riñones.

—La radio, ¿tiene alguna clave?

—Pon en marcha el motor y ya está —contestó el gordo acalambrado.

El motor respondió apenas giró el contacto. El detective de provincias tomó el micrófono y dio el primer paso de su plan.

—Aquí víbora dos. Víbora uno, responda.

El silencio instalado en medio de los chirridos de la radio delató que en alguna parte de la ciudad alguien se llevaba una sorpresa, y no sabía cómo reaccionar.

—Responda, víbora uno, o prefieres que te llame gusano.

—¿Indio? No tienes escapatoria. Te arrepentirás de haber nacido —ladró víbora uno.

—No hablo con los perros, que se ponga el dueño de la jauría.

—Primero vas a caer tú y luego la puta taxista...

—Que se ponga el general Canteras o tendrán un tercer muerto —ordenó el detective de provincias.

—¿Cómo te atreves, indio de mierda? —dijo la misma voz ronca, recia y segura de la primera llamada intimidatoria. La misma voz del presentador de las cintas del horror.

—Lo sé todo, general. No fue difícil reconocer su voz de cabrón y hay cintas en poder de la prensa. Negociemos. Lo espero a las siete en punto a los pies de la virgen del cerro San Cristóbal. A las siete. Ni un minuto más —indicó el detective de provincias antes de destrozar la radio.

—Estás loco, indio. Mi general te matará en cuanto te vea —indicó el gordo abrazado al árbol, mas el cañón de la Catalina apuntándole al vientre lo convenció de las bondades del silencio.

Los minutos que separan la vida de la muerte se suceden veloces. El viejo Cronos abandona la implacable serenidad con que se comporta mientras esperamos al mensajero de las buenas nuevas, y por la espiral de la clepsidra no se escurren las tímidas gotas de agua del comienzo y fin de las horas; una turbia cascada de brea la cubre y nos grita que nuestro tiempo se acaba.

A las siete menos cinco vio avanzar el Mercedes

del general. Otros dos vehículos lo escoltaban y aparcaron muy cerca de la virgen. Una tímida luminosidad diurna se insinuó sobre las copas de los árboles cuando el general Canteras bajó del auto. Vestía un abrigo marrón y sombrero del mismo color. Los gritos del gordo advirtiéndole que el detective estaba armado, e implorando por que lo soltaran, no detuvieron su andar decidido y tampoco conmovieron a los ocupantes de los vehículos de escolta. George Washington Caucamán tomó el teléfono celular.

—Ahora , Anita. Que empiecen a grabar —dijo y metió el aparato en el bolsillo superior del saco.

—Perdiste, indio. No hay nada que negociar —saludó el general.

—Sé perder. Los indios siempre hemos perdido. Pero su hijo no va a recuperar el culo con mi muerte.

—Lo de mi hijo es lo de menos. Empieza a caminar hacia los autos. Tienes un paseo por delante, un paseo que nunca vas a olvidar.

—¿Me llevará con los demás torturados para incluirme en su programa? No tiene nada, general Canteras. Esas voces, esos gritos de dolor los grabó hace tiempo. ¿Dónde lo hizo? ¿En Villa Grimaldi?

—Eres un miserable indio y eso te impide entender a los vencedores. Cuando unas tus gritos al coro empezarás a comprender quién manda, y será demasiado tarde para ti.

—¿Así que existen? Usted está loco, general. Será la delicia del manicomio.

—Indio insolente. Qué sabes tú de cómo piensa un soldado. Desde luego que existen, y son mi botín de guerra. Aníbal, César, Hitler, Franco, todos los grandes soldados incluyeron prisioneros en su botín. Hitler los convirtió en esclavos de sus fábricas de armas, Franco los obligó a construir el Valle de los Caídos. Yo los uso para mantener el respeto al poder...

El ruido de muchos pasos acercándose interrumpió el discurso del general. Giró la cabeza, y desde el bosque circundante vio aparecer a las docenas de mujeres con las cabezas cubiertas por pañuelos blancos y los retratos de sus parientes desaparecidos levantados como estandartes. Anita Ledesma iba en primera fila. Moisés Panquilef sonreía desde una fotografía en blanco y negro.

—¡¿Qué mierda pasa?! —ladró a sus escoltas, mas el ejército de mujeres rodeaba los vehículos impidiéndoles abrir las puertas.

—Perdió, general —dijo George Washington Caucamán, y a una señal suya las mujeres encendieron las radios portátiles. Por las ondas de Radio Tierra, el general Manuel Canteras escuchó su confesión multiplicada.

—Maldito indio. Pude matarte en cualquier momento.

Un pelotón de carabineros confusos y somnolientos se acercó al trote. El detective de provincias mostró su placa a la luz de la mañana y gritó a todo pulmón:

—¡Policía! ¡Está detenido, general! ¡Al menor movimiento le vuelo las verijas!

En pocos minutos el lugar se llenó de cámaras de televisión y periodistas que no sabían qué preguntar. Anita Ledesma apretó con fuerza un brazo del detective mapuche.

—Mira —le dijo indicando hacia el valle en que Pedro de Valdivia fundó Santiago de Nueva Extremadura.

Amanecía sobre la capital y, como siempre, los camiones recolectores de basura hacían su trabajo, para sugerir un poco de decencia en aquella ciudad rodeada por símbolos de invierno.